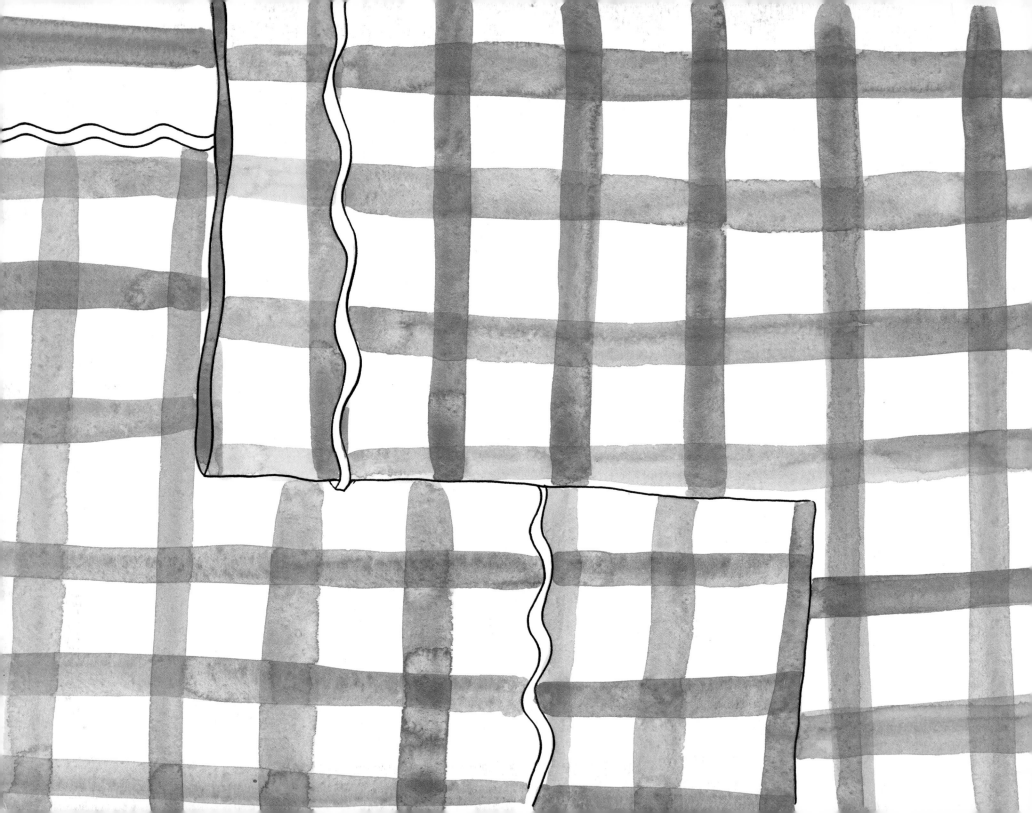

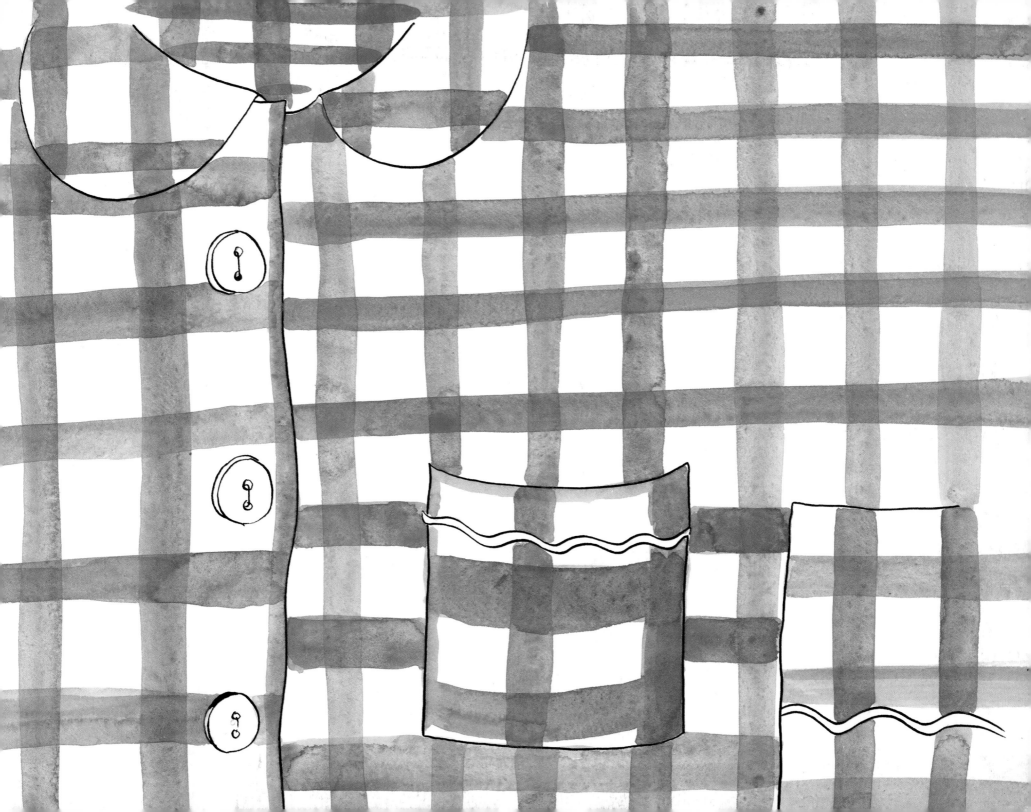

l'ouragan

À Anne Baraou, toujours là pour souffler.
www.pascale.bougeault.illustratrice.org

Trois autres histoires avec Lucette
à *l'école des loisirs* :

Peppino   Mam'zelle   Bon à croquer

© 2011, l'école des loisirs, Paris, pour la présente édition
dans la collection « Kilimax »
© 2009, l'école des loisirs, Paris
Loi numéro 49 956 du 16 juillet 1949 sur les publications
destinées à la jeunesse : septembre 2009
Dépôt légal : février 2011
Imprimé en France par Mame à Tours
ISBN 978-2-211-20195-7

Pascale Bougeault

l'ouragan

l'école des loisirs
11, rue de Sèvres, Paris 6e

Octave est méchant.
Octave est violent.
Octave est un ouragan.
Il s'approche de notre île,
c'est la radio qui le dit.
Alors Maman cloue les volets,
Papa rentre ses cactus adorés.

Il faut se protéger, se calfeutrer. Dans la maison, il faut bien s'enfermer.
La nuit va être longue et, pour patienter en famille, Pépé vient avec Augustin, son cochon.
Mamija avec sa précieuse soupière (qui appartenait déjà à sa grand-mère).
« Si jamais ça soufflait à tout casser ! » dit-elle.

Lucette remplit des bassines
et des bassines :
« Si jamais l'eau était coupée ! »
explique Maman.

Lucette prépare les bougies, qui serviront
à s'éclairer quand il n'y aura plus d'électricité.

Tout est prêt, bien rangé,
il est temps de s'enfermer !
Ça commence à souffler !
« Tout le monde à l'intérieur ! »
déclare Papa.
« Mais Cacahouète n'est pas là ! »
s'écrie Lucette.
La chienne n'est pas rentrée,
et c'est bien embêtant.
« Je cours la chercher ! »
« Pas question, Lucette.
Il est trop tard.
On ferme ! » décide Papa.

La radio le confirme :
Octave approche et c'est un ouragan méchant.
On l'entend faire Wouhou hou…….
crac et boum………
Tout le monde doit s'enfermer.
Ce sont les consignes de sécurité !…
« Cacahouète court un grand
danger », gémit Lucette.
« Ne t'inquiète pas,
mon t'i cœur ! »
dit Mamija.
« Cacahouète trouvera
où s'abriter.
Ce n'est pas son premier ! »

Pépé raconte tous les siens, des ouragans nommés…
Bernice, Gaston, Mélusine.
Il raconte les maisons arrachées.
Il raconte la baleine, là, échouée juste sous son nez.
Il raconte le génie du morne-de-l'autre-côté…

Crac

Boum

Tant et si bien que, à la fin,
tout le monde s'endort.
Sauf Lucette, qui ne pense qu'à Cacahouète.
« Et si j'allais la chercher ! »

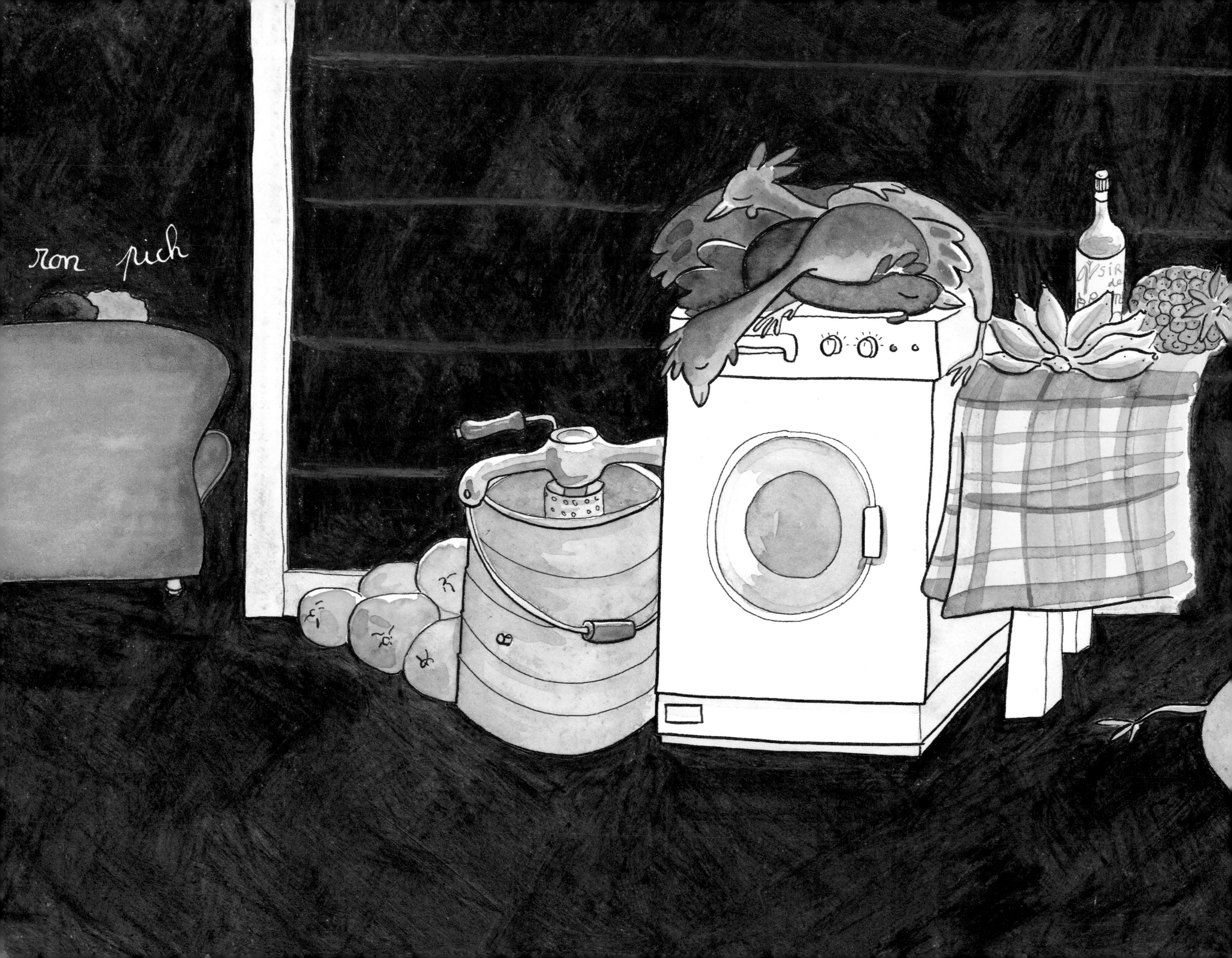
ron pich

La porte de derrière
est-elle bien fermée ?
Non, Maman a oublié
de la clouer !
« Viens avec moi, Augustin.
À deux, on est plus courageux,
allons chercher Cacahouète. »
Wouwouou...... houhou
hou...... fait Octave.

C'est une grosse bêtise !
« Au secours ! » crie Lucette.
« À l'aide ! » crie Augustin.
Wououwouou…….. houho ou ou.
Mais personne ne peut les entendre.
Octave gronde. Octave rugit.

Ça décoiffe. Ça décolle.
« Accroche-toi à quelque chose, Augustin ! »
« J'ai peur ! Je n'y arrive pas ! »
crie le cochon.
Ça fait crac ! Ça fait boum !
« Attrape une branche, Augustin,
et cramponne-toi bien ! »
Octave mugit. Octave hurle.

Et tout à coup, plus rien.
Octave se tait. Plus de vent, plus un bruit, c'est une accalmie.
« Tiens bon, Augustin ! » crie Lucette. « Je viens t'aider. »
Il faut vite trouver une échelle ; bientôt, Octave va revenir, plus féroce encore.
« Dans la cabane de jardin…

… prendre l'échelle pour descendre Augustin.
Mais… c'est toi, Cacahouète !
C'est ta cachette ! Tu as l'air apeuré !
Mais qu'est-ce que je vois là !
Tes bébés sont nés ! Cette nuit ?
Dans tout ce bruit !
C'est pour cela que tu n'es
pas rentrée à la maison
quand il le fallait.»

« Vite, Augustin, Octave revient !
Je sens déjà le vent souffler ! »
Wouou wouhou hou.......

Cacahouète est épuisée, elle ne peut pas marcher.
« Dans la brouette, tout le monde ! »

« Trois bébés chiots et une maman,
ça pèse vraiment lourd !
Heureusement que tu es là pour m'aider, Augustin. »
Wouhou hou hou........
« Plus vite, Lucette ! À la maison ! J'entends Octave qui revient. »
Wouou.... hou hou.........

« Ouf ! Nous voilà rentrés !
La porte est bien fermée
et verrouillée !
Personne ne s'est aperçu
de rien !

Chut, ne les réveillons pas !
Ils me gronderaient. »
Crac ! Boum !
Ça souffle et ça pète.
On est mieux à la maison...

… et encore mieux
dans le lit de Lucette.
Dehors, le vent s'est calmé,
Octave s'est éloigné.
Dedans, ça fait ron
et ça fait pich…….

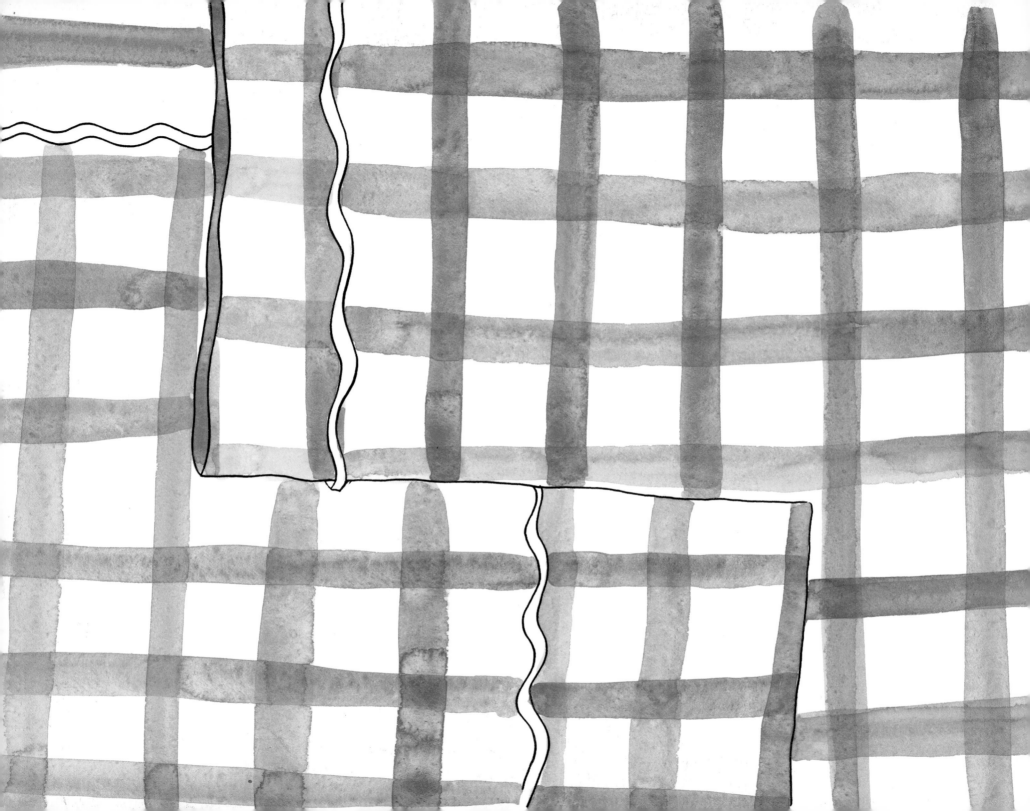

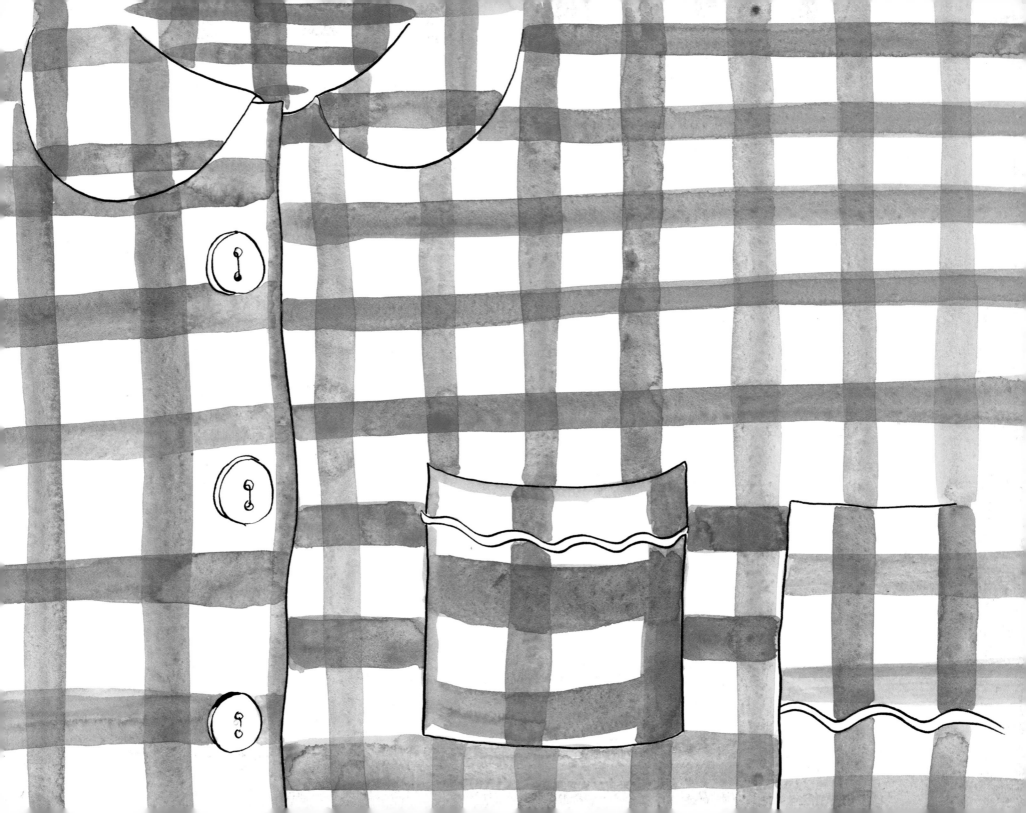